防空洞,是心的祕密基地

可以放心的嘶吼、大聲的哭、開懷的笑,不用擔心沒形象。

U0007698

新竹市長 林智堅

找一座專屬自己的防空洞

詠晴細緻的畫風
畫出你我心中那座塵封已久的防空洞

小的時候
我們都有一座屬於自己的防空洞
那座防空洞
可以是我們和死黨的祕密基地
當我們遇到不愉快的事
就會和死黨們約在那裡
傾訴心情

那座防空洞
也可以是城市角落的咖啡館
在哪裡和愛人
享受兩人甜蜜時光

那座防空洞
更可以是大自然
在那裡和家人
享受幸福的親子天地

在那裡
我們可以喘一口氣
勇敢的做自己

林智堅

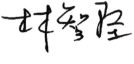

GO

第42屆·45屆金鐘影后 高慧君

認識詠晴有些日子了

些許參與了她生命中的喜怒哀樂

同樣的　她也分擔著我的些許

我們像彼此的防空洞

在剛好需要的時候　可以躲藏

欣喜這本圖文書終於跟大家見面了

那些經意或不經意的撞擊　很舒心

那些女孩細細的眼神裡　很多秘密

那些像是高中時會寫的文字　卻依然有所感觸

是她的也或許是我們都有過的境遇

藏在我們各自的防空洞裡

挺好！

4

友為企管顧問執行長　談驊

這是詠晴的第三本圖文繪本，是她紀錄和整理過往生命經歷後的自我平衡與妥協，當中包含了她對情感產生疑惑時的自我對話、同時也有困頓失落後的自我解嘲、甚至是在錯過和遺憾後的自我療癒、以及當幸福來敲門時的自我竊喜。

或許我們正對生活和工作感到窒息，甚至對生存的環境感覺滿布瘡痍，觸目所及的人煙稠密、熙來攘往讓我們感覺到自己的生命寸步難移，而詠晴的圖文繪本營造了另一個次元和空間，使我們不致困囿在樂觀、悲觀中，也不偏執於所謂積極消極的範疇，防空洞不是躲、更不是藏，而是心靈的出口。

臺灣觀光地方創生協會副理事長 魏兆廷

記得大約是 2016 年 8 月在新竹的百年中藥行裡看到詠晴的作品，是一張介紹新竹風景的畫作，那時的我正在煩惱如何將新竹介紹給更多人認識，而詠晴的筆觸則開啟了我對於新環境的想像，是溫暖的、柔軟的、慢慢說出一個故事，不急著讓你知道道理，等著你的想像跟上後再開始一起認識這個地方。

經常在臺灣各地旅行的我，旅行對我而言是工作，比較不像是休閒、放鬆方式，更深知找到自己的休息方式是很重要的，記得在淡水雲門的參訪時聽到，林懷明老師與黃聲遠建築師兩位彼此在討論空間時都在鬥法，因為黃聲遠老師會偷偷藏幾個角落給使用這個空間的人躲起來，但是，林老師則是希望空間最大化利用，所以都會在會議時揪出那些空間。

每個人都需要一個角落、一張椅子、一杯咖啡、一張專輯，那個可以讓你好好放鬆的一陣子，一本書一張作品，希望大家都能找到那份屬於自己的防空洞。

新生代音樂創作才子　李狐

當生活隨著時間無孔不入的改變我們，我們在陰雲密布下需要記得愛、記得純真，每幅畫的線條，每個以最舒適的角度帶出愛的詞彙，我看到的詠晴除了我眼裡那位畫家，還有藏在心裡的那個孩子，（這段話打完前，這孩子還在為我拖稿生氣）。

謝謝你盡心盡力的創作出這麼真摯的鼓勵，一切過程我們都將成長的更好，因為愛。

7

　　距離2017的《好想抱抱你》是四年前了！

　　2016年，我進行了一次的環半島，之所以是半島，因為被颱風打斷了。那六天，我騎著我的風100，從新竹出發，到了臺東返回。

　　回顧那段旅程，就像是我的防空洞，一個又一個。

　　這本書的內容，我說它是防空洞的小祕密！有和朋友的對話，有心裡的OS，有偷偷的喜歡，有討厭的事件，有開心的旅行，有祕密的心事……，不管是哪一個片段，都像是被安放在防空洞裡的祕密小盒子。

每一個人都需要一個自己的防空洞吧，可能是一本書，一個人，一塊蛋糕，一首歌或是一段旅程，一道菜，一間咖啡館，一杯好喝的夏日氣泡水，一個看不膩的電影，不管它是什麼，在我們需要它的時候，就能夠躲進去，好好的喘一口氣，好好的休息一下。

　　希望我們，你和我，都能找到自己的防空洞，好好的安放自己的心。在這個因疫情緊繃的時代，我們更需要好好的抱抱自己，好好的吃，好好的睡，好好的生活，也希望你在這本書裡，找到被理解的對話；別人暫時不理解也沒有關係，一定要對自己好，才是好。

也謝謝你們選擇了這本書，願我們，
一切都好。

　　我是詹詠晴，很高興認識你。

CONTENT

ME AND YOU · 剛剛好 就不怕寂寞

## MOOD SWINGS · 心情 神經神經的

A TRAVELING MIND · 我以爲 旅行

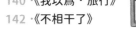

Chapter 1

SWEET LOVE

愛情裡 不確定的甜蜜滋味

《迷戀》

我一定不會說我迷戀著你

因為這樣我就可以

好好的把你放在我心裡

不被任何人發現

也不會被搶走

還有一件事我迷戀著的

就是這個地球的每一片海

總有一天　我要去過那些海

可以和你一起去嗎

我迷戀的你

＾一＾

《請收下》

請收下好嗎

在心裡偷偷說了千百次的

請收下我的心　好嗎

因為我很喜歡你　所以偷藏著

因為我很喜歡你　所以不想驚動你

你的心　就是我小小的防空洞

總是讓我安心的躲著

所以　請收下好嗎

這是我小小的　心

《你這個傢伙》

到底還要讓我等多久

你這個討人厭的傢伙啊

再這樣下去

我就要走了不回來囉

（可惡）

都要秋天了你還要我等多久

而且而且

只是告白而已

還要我等多久

《變了》

我變了嗎

你說我變了

我笑了一下　誰不會變

你沒有變嗎

因為遇到的人不同了

我們的歷練也不同了

待人處事也不一樣了

沒有變的

可能是　愛吃麥當當

愛去遊樂園玩

愛吃草莓冰

還有

偷偷喜歡你

《交換禮物》

只有聖誕節才能交換禮物嗎

我想要跟你交換禮物啊

在特別的日子

在旅行的時候

在開心的時候

在我想你的時候

在你哄我的時候

在失而復得的時候

在祝福的時候

我都想要跟你交換

《到底》

到底愛不愛　你說啊

你不要這樣搞不清楚的關係

我害怕得到又失去的心碎

不斷重覆的問著這個問題

戀情都成了糾纏不清

這場雨下得好大

反正你也走不了

不如就留下來

一起看一部日劇

到底愛不愛　以後再說

《好的》

我說好的　我知道了

你用狐疑的眼光看著我

我刻意的走在你後面

放慢腳步看著你的背影

有一點點不開心

覺得你不懂我的明白

有一點點開心

你好像真的在意我的感覺

你突然回過頭

牽起我的手過馬路

我假裝有一些些情緒

在紅綠燈最後一秒握緊你的手

開心的笑著

好的　我愛你

《位置》

心裡的那個

很重要的地方

正在跳動的

是留給你的

也許曾經留戀過別人

也許曾經深愛著某個誰

讓誰短期進住

但現在是你

住的是你　愛的也是你

答應我不會離開的也是你

一直說愛我的是你

現在住著的是你

最重要的位置

也是你

《打勾勾》

只要能夠在一起

不管去哪裡

就是這麼開心啊

打勾勾說好囉

不要再離開我了

打勾勾

《不要相信永遠》

你相信永遠嗎

在我問出這句話的時候

心裡已經有了答案吧

你會愛我多久

先 50 年好了

那時候我們 80 歲

如果我們都還活著

那就再加 10 年

我以為你會說要愛我一輩子

那太不切實際了

沒有一輩子這種東西

我們都會老　都會死的

我喜歡你的誠實

不要相信永遠

我現在只想要好好的愛你

現在就是最美好的時光

《各種不確定》

因為害怕說出口又做不到

反而都說　我不確定

其實也是不想負責任吧

才會先給對方打預防針

「有事別找我哦！」

關於愛不愛你這件事

我是一定要跟你確認過的

能夠跟你在一起

是我唯一的幸運

「那你呢？」

昨天說要先愛我 50 年的事

有沒有確定啊

「我愛你！很愛你！」

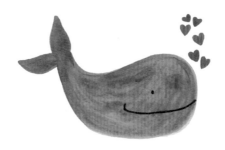

《我很好哦》

我很好哦（我想是的）

和你吵架的第一天

我看起來很悠哉的

好像什麼事都沒發生

在陽光下

走在我們的小公園

當時是在這裡第一次牽手的

好像很久沒有去吃車站旁邊的甜不辣了

好吧　才分開兩個小時　我承認我想念你了

《說太少》

我總是說得太少　愛得太多

有時候　讓你誤會了

真的很抱歉

我也正在練習　好好把愛說出口

如果我有表達不好的地方

或是不小心太急了說錯話

也請不要太生氣好嗎

知道我真的很愛你

這樣就好

好不好

《記憶力》

我的記憶力好像不太好

進到 7-11 前一秒還想著要買可樂

叮咚一聲進到小七就忘了剛剛說要買什麼

你說你也會遺忘某些事想不起來

我覺得我們都老了之後

會不會都想不起來曾經那麼相愛過

然後問彼此說我們到底是怎麼相遇的

然後大笑對方是個笨蛋

然後一起決定什麼都不要再想了

一起決定來去黃昏市場買菜

好好的吃一頓晚餐　一起說晚安

Chapter 2

WILD THOUEGHTS
紛飛的胡思亂想

《你在想什麼》

常常被問　你在想什麼

沒有　只是在發呆

腦子裡裝了很多東西

有時候需要清空

有時候需要移動

很多想法

還有說不出口的話

以及不能說的話

哦哦哦

真的很累是不是

我沒有在想什麼

就是在想你而已

《吃掉愛》

下午約會的時候

聽到隔壁的男孩問女孩：「晚餐想吃什麼？」

女孩托著下巴說：「不知道耶，你呢？」

男孩說：「想吃你。」

（哦哦哦）

女孩笑了　我也笑了

你想要吃我的哪一部分？

手，腳，耳朵，眉毛，眼睛，鼻子，大腸，小腸

要不要一個套餐？

全部都有喲

《美人魚的故事》

小時候　我最喜歡的是美人魚的故事

她為了愛　痛苦的把尾巴變成雙腳

又為了救他　甘願變成泡沫

長大之後　我也曾經為了愛等待

為了愛改變　為了愛變成傻瓜

現在　過了想要跟誰結婚的盲點

只想要有一個

我喜歡你　你也喜歡我的對方

這樣的情感就好　也很好

至於美人魚　我還是很愛

因為好美（笑）

51

《棉花糖》

小時候覺得棉花糖是公主才會擁有的

那個粉嫩的夢幻的像雲一樣的甜甜

好像拿著它就是一個美麗的小公主

我捨不得太快把它吃掉了

長大之後　棉花糖的顏色變多了

覺得入口太甜了　沒那麼想要擁有它了

就好像愛情吧

太甜了　有一些些膩　有一點黏手

太不真實了　看看就好

吃一口就好

《胡思亂想》

對哦　我就是在胡思亂想啊

誰教你不給我一個確定的答案

想著為什麼事情這麼的不順

煩惱明天出席一個聚會要穿什麼

煩惱午餐要吃什麼

都下午一點了是不是要吃個下午茶

冰箱還有剩菜要不要先吃完

最後　泡了一碗肉骨茶麵之後想著還沒完成的工作

啊　真的想很多耶

先吃麵再說　快爛光了啦

《鉛筆削》

削鉛筆的時候

突然有了另一種領悟

真心　有的時候

就像削鉛筆

一次比一次短

最後

想把握

也來不及了

《不合時宜》

出門前被叫住

說我穿這樣是要去哪

現在是秋天你穿夏天的衣服出門哦？

嗯……外面大太陽啊

（我趕著出門）

關於不合時宜這件事

就好像是　女孩子要端裝　男孩子要穩重

可是　不是誰說了算嘛是不是

就好像冬天也可以吃冰一樣

冷暖自知啊

《花椰菜》

你愛吃花椰菜嗎？

第一口咬下的時候

朋友說：「你知道花椰菜會藏蟲嗎？」

「什麼？是真的嗎？不是都會洗過嗎？」

「很難洗得乾淨。」

從那之後我就少吃花椰菜了

因為很怕蟲　更怕吃到蟲

這算不算因噎廢食的一種呀

那你呢？

會不會因為我睡覺會打呼

就不愛我了？

答案是「不會」

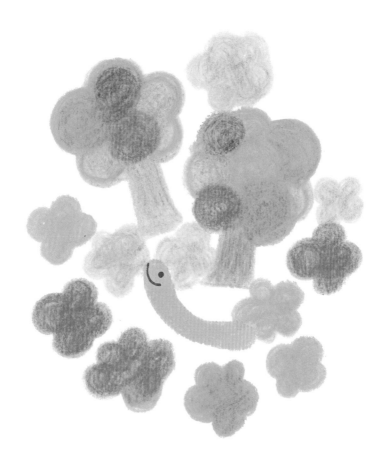

《借問》

老天爺啊

我誠心誠意的想借問祢

「咚」的一聲

正正反反　反反正正　正反正反

想借問的是……

（嗯…我想一下……）

哪有人這樣

借問一下還不知道想問什麼

人生　不就是在自己手裡嗎

愛情　選誰好

運勢　自己的努力

那……我到底想要問什麼

借問一下　前面的路要怎麼走

（啊就走啊　別想太多好嗎）

謝謝借問　我沒有問題了

《我不要》

對　就是因為害怕

所以不敢對誰說我不要

因為不想被討厭

所以不敢說我不要

因為不想被離開

所以不想說我不要

可是為什麼要勉強自己去喜歡呢

我就是不愛咖哩飯啊

（那以前什麼不說）

我也不愛香菜啊

（那為什麼不跟老闆說）

真的不喜歡的時候

就說我不要吧

沒有那麼多的害怕

只有一件事你不可以說「我不要」這三個字

那就是我愛你　好嗎

《鮭魚飯》

那個風和日麗在海邊的下午

真的有點太舒服了呀

要吃什麼好呢

快餓壞的兩個人

鮭魚飯 X1

牛腩飯 X1

為了讓自己吃得健康

（看起來）

點了平時不會吃的魚

因為有荷包蛋所以 OK

最重要的是

身邊的人是你

和你在一起

才是讓一切變好的原因

Chapter 3

ME AND YOU

剛剛好就 不怕寂寞

《我刺刺》

SORRY 我今天很刺

說的話很不好聽

全身上下都像長了刺一樣的

咻咻咻的發射那些刺

啊～～～～～～～～

我也不知道我是怎麼了

今天就不要理我了好嗎

《心機重》

心機真的很重耶

為了得到他的資訊　假裝跟我做朋友

說我跟他很合　難怪我們是朋友

哦不　為什麼不承認你喜歡他呢

其實我早就看穿了呀

要不是忍無可忍

我也不想拆穿你

不要再玩了

心機女

《不熟》

我們很熟嗎

雖然在同一個場合遇見了

你熱情的一直關心我

可是我們很熟嗎

可以不要靠太近嗎

其實保持一點距離會很好

「啾的一聲」

抱歉 我先閃囉

《慢走不送》

要走就走吧

如果你可以這麼輕易就說出再見

表示你不太在乎我這個人了

（對對對　我不聽話）

我任性又怎樣

我不想跟你去旅行又怎樣

你說再見　還不是又回來了

我說不愛你　還不是吃了咖哩飯

但你說了第 26 遍的再見

（慢走不送）

放下這句話

我走了

《好哦》

你說好哦

吃排骨飯好嗎

好哦

喝珍奶　還是喝水果茶

好哦

去看展覽　還是去逛街

好哦

好哦好哦　你真的有在聽我說話嗎

《一部分》

你看到我的是哪一部分呢

甜美的　10%

可愛的　25%

臭臉的　65%

猶豫不決的　10%

還有什麼呢

其實　沒有人是百分之百被誰喜歡著的

我也不是喜歡你的百分之百

但是因為在愛之前是喜歡

所以我們都接受了部分的彼此

OK　那你可以接受我的江湖味嗎

可以就在一起吧

《消暑》

熱呼呼的夏天

能夠吃一碗紅豆冰

冰冰的　涼涼的　好消暑

尤其是和你一起

開心開心的夏天

熱呼熱呼的我們

好喜歡你

＾—＾

《剛剛好》

謝謝你的草莓果醬

剛剛好的甜

剛剛好的喜歡

剛剛好的你

《聖誕禮物》

謝謝朋友的巧手

做了一個乾燥花的花圈送給我

人生第一次的路跑

很硬很硬的行程

雖然只有短短的8公里

卻是給自己的挑戰

邊跑　邊丟掉一些斷捨離

然後找回給自己的承諾

好好照顧自己

Chapter 4

MOOD SWING

心情　神經神經的

《緩慢》

還沒有決定要不要跟你在一起的時候

我的心　緩慢的走著

Line　FB　訊息都先擺著

（不急）不用急著看急著回

慢慢來好不好

說不定

我們的心裡都另有其人呢

是不是

《我看不見》

逃避

最快的方法就是我看不見

我什麼都不知道

我什麼都沒聽到

所以我就可以不用面對了嗎

其實不是啊（都哭了）

都哭了　還說不在意

那就專心的

好好哭一場吧

《誰還記得》

你有一個人去唱過 KTV 嗎

我今天被放鴿子了

所以我一個人在唱 KTV

唱歌的時候

一直覺得有一隻貓在我身邊

安靜的　沒有走來走去

默默的陪著我

唱到悲傷的歌我沒有哭

因為有貓陪著我

你不一定要在我身邊

也不用一直噓寒問暖

我知道你在

這樣就可以了

THANK YOU

《假裝》

有一段時間

騎車的時候一直哼著歌

假裝多好　我只要只想要再擁有一秒

……

和你在一起的時候

只希望　能夠多一秒多兩秒再多幾秒

只因為那些小時光都是我開心的小秒窩

假裝是戀人

我只想要多擁有那一秒

和你在一起

《我沒有哭》

我沒有哭

我只是心碎了

我沒有哭

我只是不開心

我沒有哭

我只是不勇敢

我沒有哭

因為你看不見我哭

現在我只想躲到沒有人的地方

離開自己

好好哭一場

《小心翼翼》

你看出我的小心翼翼了嗎

對我來說

你就像是那盞燈

在小巷盡頭的亮燈

雖然不是一路都有光

我也小心的走近

仍然害怕突如其來的驚嚇

或是光消失了

你看出我的小心了嗎

很害怕太靠近

你就消失了

《期許》

我期許自己可以身體健康

這樣我才能帶著自己去好多的地方

去做很多事　認識很多人

去完成很多想做的事

心裡的那一點點平靜

有時候會因為在乎的人起了波濤

有時候會因為那件事掉入低潮

但那些都是過程呀

只要牙一咬心一橫　說一聲沒關係

就過了

所以　我期許自己身體健康

可以和你在一起　很久很久

103

《安全感》

這是我的安全感呀

「笑一下就好」

如果一定要走入這個 PARTY

而且會遇見 不那麼喜歡的人

為了不讓自己看起來不開心的樣子

有時候必須要笑

堆疊到頂的時候

就躲進一個小角落

讓土石流一傾而下

在它還沒有變成大災情的時候

回到現場再喝兩杯

找回我的安全感

《差一點》

差一點就再見了

打算好了再往前一步

就好像可以解脫了

BUT 最後還是沒有說再見

因為捨不得你們

放不下還愛著的人

會牽掛一輩子的家人

丟不掉曾經努力過的夢想

因為沒有說再見

所以上岸之後

要更努力的體驗人生

追逐夢想

差一點的差一點

我告訴自己

要更努力的生活

《誠實》

對自己誠實一點好嗎

不喜歡就不要勉強

不愛就走開

勇敢作自己好嗎

不會人人愛

可是很舒服　很自在

不用想太多好嗎

為別人著想太多

看好自己比照顧別人更少

愛別人比愛自己更多

遲早要被自己的負面淹死

誠實一點

你根本不愛他

快點離開

讓自己好過

《終於》

終於啊

這樣的緣分走到了這裡

沒有太好也沒有太壞吧

謝謝你對我的好

像公主一樣的任性

到一個沒有人知道的未來

雖然不是愛　卻是喜歡

就像你說的　是互相陪伴吧

所以終於　也走到了這

《嗨，你好》

嗨！你好

不好意思

我的腦容量正在搜尋關於你的記憶

太久沒見了　你都好嗎

（很好啊）

分開之後　談過幾段感情

也都沒有結果

因為仍然執著於他們都不是你

我曾經　很愛過的那個你

你好嗎　有相愛的人了嗎

我現在很好　只是少了一個你

《某些時候》

時空回到了那一年

那個公園

那個下午茶的時刻

和你面對面的

寧靜且甜蜜的時光

某些時刻

回到那一天

你問我要不要在一起的大賣場

回到你第一次牽我手那一秒

我第一次帶你見朋友的那個婚禮

彷彿昨日一樣

那麼近也那麼遠

那麼想念

《買醉》

要找回已變的心　是最難的事

我唱著唱著　也感傷了

閉著眼睛唱歌

可以在自己的情緒裡　任意　放肆

我沒有喝酒　可是想醉

我沒有再見到你　可是不想你

你還記得嗎

我第一次喝醉的時候

在 KTV 唱著張惠妹的〈記得〉

你說　誰不記得誰都不重要了

重要的是　未來要好好的生活

好好的在乎自己

才是遺忘後

最對得起自己的舉動

《神經病》

現在的我

對你來說是陌生的

因為你已經不能再傷害我了

你對我來說也是陌生的

因為你竟然跟你曾經說過的八卦女在一起

已經不是我覺得的好人了

要就去吧　放手我們的美好

忘了

我曾經愛過你這個　神經病

Chapter 5

A TRAVELING MIND
我以為　旅行

《反覆》

想去台南　也想去花東

想去荷蘭　也想去沖繩

想去看海　想去山上看夜景

「那你想去哪」

我…還沒決定耶

「不意外，你總是這樣。」

喂　幹嘛這樣說我

（雖然是真的啦）

我只是都想去啊

又沒有那麼多時間

再讓我想一下嘛

「不管你想去哪，我都會陪著你。」

你這樣說

^—^

《是這樣的》

也不知道為什麼

就和你一起去了海邊

吃了好吃的廟口小吃

去了好遠的旅行

去了想去卻一直沒去的小鎮

這大概

唯一能夠合理解釋的

就是緣分兩個字

（好老派）

《出境》

我出去走走喲

不舒服的時候先讓我離開一下下

一邊看著氣象預報一邊整理行囊

怕會下大雨所以帶了輕便雨衣

怕會大太陽所以買了新的防曬乳

想要畫一張明信片寄給朋友

所以帶了畫筆

你問我為什麼冬天要去一個熱帶的國家

我說我只想要被陽光擁抱

只是離開一下下

不要太想我也不用太擔心

要等我回來　然後來接我

跟我說說你有多想我

（咦　那就不要走啊）

＾＿＾

《不怕寂寞》

爬上了九份的山腰

山下的燈光點點

我想起你說

一個人旅行不會寂寞嗎

我覺得還好　因為

一直以來都是一個人

自由的來去

可能有時候會寂寞

想要呼叫朋友吃晚餐

看一場展覽　一場電影

相約公園曬一場太陽

有時候撲一個空也沒關係

所以不怕寂寞

但是如果我說我不想一個人

我會告訴你

就來陪我吧

好嗎？

《最南端》

想要去環島

所以出發了

第三天　來到了台灣最南端

很熱　要走一小段路

原來它只是一個圓錐形的地標

但是我來了　終於啊

這趟中途就被颱風打斷的旅程

雖然沒有完成

也留下了紀念品

（唉，是車禍）

也多了很多和自己相處的時間

很值得　也要繼續完成它

《咒語》

沒有特別迷戀哈利波特的電影

也不熟悉電影的情節

卻在英國旅行的時候

帶回一枝接骨木的魔杖

朋友問我為什麼買了它

看起來沒用的東西啊

我說　它的用處可大了

遇到討厭的人

我就可以說　去去走～

朋友白了我一眼叫我加油

怎麼樣　我就是暗黑啊

你們不會嗎

《路痴》

我是路痴這件事

應該是改變不了的事了吧

即使有了佑狗地圖導航

也很難到得了目的地

在荷蘭的時候

一個人走在冷冷的迷路的羊角村

對　被搭訕了

一個看起來爺爺級的人問我

「要來我家嗎？」

拒絕之後此刻我最想要的

是吃一頓熱騰騰的飯

小路痴

快點帶我找到路好嗎

我想回家了

羊角村♥

《停留》

我們都有最想要停留的城市

2014 年路過荷蘭的第一天

就決定要再回到這個緩慢的城市

2017 年有 15 天我在這裡散步

一切都慢下來了

人　街道　食物　藝術

連雨天都變得浪漫

放在心裡的那個地方

無論如何都想再回去吧

如果你的心裡也有這樣的嚮往

有一塊想要完成的地圖

找個時間回去吧

想念　就去見他吧

《離家・回家》

坐飛機的時候喜歡坐在靠窗的位置

想看雲，想看日出

想知道離家多遠了

我來到了一個什麼樣子的國家

從白天飛到了黑夜

直到機上廣播請拉下窗簾

才把思緒拉回現實

閉目聽聽機上的交談聲

小電視播上著電影

幸好我不會暈機

可以好好的休息

心想　我離家多遠了

什麼時候

才要回家

《我以為‧旅行》

我以為旅行可以忘掉悲傷

我以為旅行愈遠

就能夠不再受到傷害

我以為旅行愈久

就可以離開你愈遠

我以為旅行

可以治好沒有你的日子

我以為旅行

我就不會再傷心

我以為旅行

就不會太專注愛你

但這些

都只是我以為

時間並沒有帶走你

也沒有帶走我

都只是我以為

《不相干了》

第一次去沖繩的時候

決定了我們永遠不要再聯絡

以後都不想再和你有任何相干了

在小路上遇到一隻黑貓

牠眸眸的看著我

好像看穿我一樣

（你在笑我的口是心非嗎）

好啦我承認

只要他好　我就會很好

不准你這樣笑我

乖乖待在這

我繼續前進了

詹詠晴圖文作品集 3

防空洞,是心的祕密基地

可以放心的嘶吼、大聲的哭、開懷的笑,不用擔心沒形象。

作　　　者／詹詠晴（Angela）
美 術 編 輯／賴賴
企畫選書人／賈俊國

總 　編 　輯／賈俊國
副 總 編 輯／蘇士尹
編 　　 　輯／高懿萩
行 銷 企 畫／張莉滎・蕭羽猜・黃欣

發 　行 　人／何飛鵬
法 律 顧 問／元禾法律事務所王子文律師
出　　　版／布克文化出版事業部
　　　　　　臺北市中山區民生東路二段 141 號 8 樓
　　　　　　電話：（02）2500-7008 傳眞：（02）25 圖檔 02-7676
　　　　　　Email：sbooker.service@cite.com.tw
發 　　　行／英屬蓋曼群島商家庭傳媒股份有限公司城邦分公司
　　　　　　臺北市中山區民生東路二段 141 號 2 樓
　　　　　　書虫客服服務專線：（02）2500-7718；2500-7719
　　　　　　24 小時傳眞專線：（02）2500-1990；2500-1991
　　　　　　劃撥帳號：19863813；戶名：書虫股份有限公司
　　　　　　讀者服務信箱：service@readingclub.com.tw
香港發行所／城邦（香港）出版集團有限公司
　　　　　　香港灣仔駱克道 193 號東超商業中心 1 樓
　　　　　　電話：+852-2508-6231　　傳眞：+852-2578-9337
　　　　　　Email：hkcite@biznetvigator.com
馬新發行所／城邦（馬新）出版集團 Cité（M）Sdn. Bhd.
　　　　　　41, Jalan Radin Anum, Bandar Baru Sri Petaling,
　　　　　　57000 Kuala Lumpur, Malaysia
　　　　　　電話：+603- 9057-8822　　傳眞：+603-9057-6622
　　　　　　Email：cite@cite.com.my
印　　　刷／卡樂彩色製版印刷有限公司
初　　　版／2022 年 01 月
定　　　價／330 元
　　 ISBN ／ 978-986-0796-74-2
　　 EISBN ／ 978-986-0796-70-4 (EPUB)

城邦讀書花園
www.cite.com.tw

布克文化
www.sbooker.com.tw